비는 소리를 갖지 않는다

지혜사랑 256

비는 소리를 갖지 않는다

유영삼

지혜

시인의 말

입 속에 혀를 감추고
혀 속에 언어를 묻었다

2022년 9월
유 영 삼

차례

2부

3부

4부

1부

벚꽃

소문대로 새떼가 앉아 있었다
목청 잃은 새
다가가 보니
동그란 눈 커지는 눈 핏발 서는 눈

사람들 그의 목에 청을 불어넣으려 선창을 하자
한 소절 따라 부를 듯, 날개를 파닥이듯
오물대는 입, 입, 꽃잎들

저 아득한 속울음
끝내 한 음도 내뱉지 못하고 눈으로 전한다, 봄
목청도 없이 비명으로 전한다, 봄

반 건시柿

마을 앞 강둑엔
어떤 이름으로도 불릴 수 없는
몰골들이 무덤을 이뤘다

홍시柿 반 건시柿 썩은 시柿

바람은 그의 얼굴에 주름을 잡지 못했고
태양은 아예 분첩을 들지 않았다
애꿎은 가을비만 검은 반점을 그렸다
아직 문장을 완성하지 못한 이와
그림의 색채를 정하지 못한 이가
농부들 노역비를 그리거나 써내려갔다

건시詩 반 건시詩 홍시柿 죽은 시詩

텅 빈 곶감 건조실엔
박씨가 덩그마니 매달려 있었다

그렇게 아들을 보내고 노모는
버려진 폐기더미에서 그나마 성한 건시柿를
골라 젯상에 올렸다

>
이름은 불려야 한다고
골라낸 몇 개의 반 건시 위에
당신의 주름을 옮기려 애썼다 그러나
가을비, 겨울비로 휘몰아쳤고
끝내 이름을 가질 수 없었다

죽은 시屍 썩은 시屍 홍시柿 반 건시屍 건시屍

삼매경

고장난 수도꼭지에서 물이 떨어진다
아교질 같은
벽에 걸린 시계가 엿보고 있다가
정확한 제 호흡을 내쉬자 잠을 청하고
스테인리스 대야에 시간이 고인다
넘쳐난 시간이 긴 숙면에 빠진다
떨어지는 물소리가 내 귀를 잡아당긴다
귓속으로 고여 든 물이 고막을 뚫고
책 속 활자를 적시고 선운사로 흐르고
선운사 동백꽃을 떨어뜨리고
삼백 삼십 오 페이지의 책장을 뚫고
나의 문화유산답사기* 그곳 사찰마다 엎드려
천 배를 올리자 나는 없고
다시 저 투명한 초음이 벽을 허문다
똑, 찰, 똑, 찰, 끈적한 파음이
하구로 하구로 흐르고 내 심장을 뚫고 실핏줄을 열고
다시 몸이 닫히고 열리고 물소리 길을 낸다

* 유홍준 작

마렵다는 거

마려운데 어떡해

세 번 째 아내와 사별 후 삼복더위에도 엄동설한에도
돈을 벌기 위해 산을 오르고 돈을 쓰기 위해
읍내로 내려오는 약초 할배
그렇게 힘들게 벌어 왜 그곳에 가냐면 입버릇처럼

어떻게 해 마려운데, 마려운데 어떡해

당신 뒤 마려우면 어떻게 하나
나도 감정이 마려워서 싸는 거야
다들 안달이 났으면서 안 그런 척 감출뿐이지
외로움이라는 감정이 넘치면 방법은 없어
세상에서 제일 좋은 게 뭔데
온몸으로 수다를 떠는 거야
함께 수다 떨 상대를 찾아가는 거지
감정이 마려우면 어쩔 수 없어
분 냄새가 뽀얀 살결이 뜨거운 숨소리가 두려움도
외로움도 다 날려 보내지, 삶의 허기까지 달래준다니까
내겐 마려움의 조절능력이 없어
아니 마려움 증이란 병에 걸린 게지

외로움을 이겨내는 무섬증이지

비로소, 들리다

말을 내려놓기 위해 산을 오른다
허리를 굽히고 혀를 꺼내 오른손에 쥐고 오를 때
비로소 들린다, 말

계곡물은 작은 돌에서 큰 돌 큰 돌에서 나무
나무에서 구름 위로 음계를 그리고
새들은 그 음계의 중간쯤에 있다
바위산은 가장 무겁고 두꺼운 시간의 책장
참나무 단풍나무 서로 다른 페이지로 흔들린다
단풍잎은 바람의 입술에 입술을 맞대고
뜨겁다고 느끼고 간지럽다고 말한다
발자국 소리에도 까르르 웃는 풀꽃의 이름은
지금 이 순간만큼은 까르르 풀꽃

말로는 형용할 수 없어
말을 내려놓는다
내려놓아야 비로소 들리는 저, 말

듣기 위해 내려놓는다, 말

입춘

절기를 장식한다
저 하얀 발들의 무희
휘몰아치다 공중돌기하다
바람의 손잡고 탱고를 춘다, 당기고 풀고 조이고
아니 투스텝 쓰리 스텝 허리를 곧추세우고
왈츠를 춘다, 다시 휘몰아치다
발, 백만 둘 백만 셋 사뿐사뿐 내려앉는다
지붕에서 지붕으로 허공을 건너간 고양이
골똘히 바라보다 마른나무 가지에 울음을 매단다
울음소리에 뒷걸음질 치던 하얀 발들
저만치 달아나다 되돌아오자
발톱을 세워 연신 겨울을 할킨다
찢긴 하늘 틈새로 하얀 나비 떼를 쏟아놓는다
흰 나비 떼 꽃씨를 찾아 내려앉는다
고양이 골목에 꽃무늬 발자국을 찍어 꽃을 피운다
눈발이 사라진다

서둘러 서랍 속 작은 꽃씨를 깨운다

바람이 보인다

벚꽃에 가 웃음 짓고
나뭇잎에 가 수다를 떨고
풀밭에 가 발길질을 하고
전선줄에 울음을 싣는다

쓰러뜨린 나무와 날려 보낸 지붕엔
분노가 서려있다

고요, 잠시도 견딜 수 없어
절간 추녀 끝, 물고기에 호흡을 불어넣어
물결을 일으켜 정적을 깨뜨린다
집도 절도 없는 설운 이의 긴 방황
어디에도 머무를 수 없어
허공에 무덤을 파는, 저 헛것
스스로에게 흔들리고
스스로를 쓰러뜨린다

바람 부는 날 비밀을 말하지 마라
그가 물고가 사방에 퍼뜨린다

아니, 바람이 나고
내가 바람이기에

생각을 태우다

어둠의 중심을 태운다
불이 숨 쉰다
따스한 열기 마음을 순하게 한다
그저 바라만 봤을 뿐인데 생각을 태운다
뇌 속을 하얗게 비운다, 불 멍
정신이 아득한 곳으로 간다

정신이 마실을 간다
뇌관을 열고나가 허공에 둥둥 떠다닌다
삶도 죽음도 어제의 후회도
모닥불 속으로 뛰어든다

영혼이 로그아웃 된다

산

산이 나를 업고 올랐다
산기슭 진달래꽃 마음을 움켜쥐고
오르막 소나무, 팔을 뻗어 손을 잡아끌고
바람이 등을 떠밀었다
가쁜 숨을 고를 쯤 바위가 무릎을 내주었고
암벽이 길을 막아섰을 때
산이 온 등을 내밀어 나를 업고 올랐다, 산봉우리
나를 무등 태워 발아래 아득한 세상을 펼쳐보였다
산과 산이 어깨동무하고
길은 마을로 마을로 닿고
큰 물줄기 작은 물줄기 함께 강물로 흘러들었고
논밭이 들판으로 누웠다
그 들 가운데 점 하나 아니 먼지, 먼지였다
날 먼지로 낳아놓고 먼지로 가신 이여
산중에 산은 없었다

나를 업고 오른 산만이 거기 있었다

그때, 우리가 심었지

우리가 흘린 눈물과 당신의 눈물이
이승으로 반 저승으로 반
커다란 눈물방울로 솟았지

우리를 품었던 어머니의 둥근 배와 무덤 사이
직선의 길이 있지
생사는 그 길 양끝을 움켜 쥔 주먹이지

무덤 둘레에선 허공을 가르던 새의 울음도
구슬을 굴릴 줄 알고
하늘로 뻗은 나뭇가지도 적당히 휠 줄 알고
숲 속 초롱꽃도 둥근 등을 내걸 줄 알지
빗줄기도 둥글어지지

세상의 칼끝에 맞서지 말고
그곳에 가 한나절 기대어 보라
한결 유순해진 나를 만날 수 있고
한없이 낮아진 마음을 만질 수 있지

마을로 향한 저 직선의 길에
민들레꽃 바람의 손을 잡고

之

之

之   자로 걷는다

기우제

이렇게, 가물어서야 씨나 품겠나
논밭이 그렇고 옆집 새댁이 그렇고
하늘을 봐야하는데, 뿔이 난 게야
하늘이 쐐기를 박는구면
배배 말라가더니만, 까맣게 타는구면
징一한 정 받지 못한 탓 이제
곁도 주고 품도 주고 그것도 줘 봐라
징허게 눙쳐봐라 하늘도 시샘하게
느그들 못 하면 산으로 간 영감이라도 불러야겠구면
양푼 대야 조가비들 다 입 벌려놓고
싸리비 수수비 갈대비 대나무비 댑싸리비 플라스틱비까지
거꾸로 세워놓고 신나게 놀아봐라
키로 물을 까불러라
속곳을 벗고 일제히 방뇨하라, 아낙들이여
네가 비냐 내가 비지, 다시는 그 이름 불려지지 않게
그러면 그게 뭔 소린가 가랑가랑
제 이름 찾으러 오겠지, 주룩주룩 소리치며 오겠지
그렇게 하늘도 정액 듬뿍 쏟아내겠지
애기주머니 가진 것들 탱탱 물 차 오르겠지

어 여,
불 붙여라, 저 용꼬리에

그림자를 날려 보내다

묻힌다,
염 끝낸 내 몸엔 세상 어디에도 없는 나무의
잎과 꽃과 향기와 과육으로 얼룩져 있다
말을 삼킨 불어터진 입술 밖, 검은 혀여

작고 부드러운 칼날은 육중한 몸과 생각을 가볍게 저민다
소곤소곤 속삭이다 잘근잘근 씹어대다, 네 말에 네가 씹
히다
제 삼자의 귀를 잘근 씹다, 싹뚝 잘라낸다
순간 검은 리본을 달고 온다, 소리

뼛속으로 쟁여지는 날선 말들
뼈 없이 뼈를 부러뜨린다

밤말을 들은 쥐가 마우스를 움직였고
낮말을 들은 새가 빠르게 문장을 완성했다

언총言塚※
말를을 탄 몸과 말를을 모는 혀와
말를을 들은 귀가 같은 묘비명 밑에 있다

닫으라, 그 말랑한 문 닫으라

그리하여 가슴께 쯤 묻으라, 붉은 칼

* 말무덤

사막을 걷다, 신발들

발자국의 연속이다, 산다는 것은
살아 있어 나를 싣고 다니던 신발들
사하라사막 가운데 섬을 이룬다
체중에 눌리고 발 냄새를 지문처럼 새겼던
신은 신神이다
가장 낮은 곳에서 부자도 가난한 이도 병든 이도 다 싣고
그 어떤 험준한 길도 함께 한 동행자
설움도 한숨도 다 들어주었던 침묵의 수행자
욕실 바닥에 미끄러지고
스며드는 빗물을 머금고
관절이 거부해 버렸던 하이힐과
욕실화 운동화 작업화 유행 지난 꽃신들
흘러 흘러 사막에 부려졌다, 아니 유배됐다
낮이면 흩어져 길을 찾아 헤매다
밤이면 모래 바람에 떠밀려 다시 일어서는 신발들
서로가 서로의 몸에 기댄 채 가만 가만 다독이다
또 다시 본능적으로 모래를 싣고 사막을 걸으면
신은 살아서 발자국을 남기리라
발이 버렸던 신발들이
발을 버렸던 신발들이 사막을 순례한다

우리가 버린 것들이 섬이 된다

* TV화면으로 더 이상 신을 수 없어 사막에 버려져 산처럼 쌓인 신발들을 보다.

그루터기

평지의 나무가 비탈의 나무를 안는다
도심의 나무가 밀림의 나무를 끌어안는다
한때 나무와 나무 사이에서 꽃을 피우고
열매를 맺었던 이들, 소진한 몸으로 새벽길을 누빈다
어두운 골목을 걸음 걸음이 다투어 간다
감나무집 철이 할매도 살구나무집 민호 할매도
앞서거니 뒤서거니 간발의 차이로
한 입 베물면 왈칵 단물이 쏟아질 것 같은
사과가 그려져 있는 나무를 놓친다
서둘러 다른 상가 앞을 기웃대며 침침한 눈을 부릅뜬다
천천히 나무가 나무를 끌고 간다
여명의 빛이 그의 뒤를 민다
빛에 떠밀려 건물 앞에 앉아 숨을 고른다
시간도 젊음도 체력마저 소진한 이들이
얼굴에도 마음에도 주름 깊게 밴
또 다른 이들을 다독인다
세상 저 중심엔 당신들이 떨군 씨앗이
다시 꽃을 피우고 열매를 맺는데

몸통마저 반으로 꺾여
툭, 발로 차면
푹, 쓰러질 것 같은

그루터기로 있다
약국 앞에도 푸른 식품 앞에도 골목 끝에도

비는

내리는 것이 아니라 생각하는 것이다
하늘이 낮게 내려와 산봉우리에 턱을 괴고
구름이 떼로 몰려와 구름의자에 앉아
생각을 흘리면 산이 받아 적고 나무가 적고
지붕이 적은 것을 집주인이 읽는다

비 새는 곳, 현관 모퉁이

비는 내리는 것이 아니라 생각을 적는 것이다
그리운 사람에게 편지를 쓰듯
하늘과 땅 땅과 하늘 산과 마을 지붕과 골목에
한 문장 한 문장 써 내려가는 것이다

비는 내리는 것이 아니라
서로의 마음을 읽어가는 것이다
들깨모의 목마름을 하늘이 알아차리고
구름이 읊고, 깻모가 받아 적듯
비는 내리는 것이 아니라 보듬는 것이다

때로는 거칠게
때로는 부드럽게
비는 내리는 것이 아니라

하늘을 비워내는 것이다

그리하여 멍하니 서 있는 것이다

2부

선운사의 봄 1

선운사 가거든
동백꽃에 눈 맞추지 마라
입 맞추지 마라
바람이 먼저 알고 와
그의 목을 치더라

기억의 집

바람은 새떼를 몰고 와 풍장을 권했고
강물은 물고기 떼를 데불고 와 수장을 원했으나
선산 소나무 제 몸을 무너뜨려 자리물림은 했다
하여 소나무자리, 흙의 품에 뉘자
툭, 불거진 산의 눈
눈알 붉은 짐승이 엎드려있다
아니 이승의 밥그릇을 엎어놓고
이 생을 꾹꾹 눌러 담은 기억의 집이 된다

설운 자들의 눈물의 집
분수처럼 울음이 새어 나온다

시시로 흐르는 눈물에 들풀이 젖고
때때로 터지는 울음속엔 다섯 살 떼쟁이가 산다
밭둑에도 장독대에도 짙게 깔린 당신의 그림자
그 기억의 실타래 끝을 잡고 가다 길을 잃고
다시 그 실 끝을 사려 메운다, 가슴께 난 구멍

울음의 방이 있다, 내 몸에
그 곳엔 동서에서 흘러든 합수머리가 있고
남북에서 날아든 새들의 울음이 있다

섣달그믐 묘시

유적처럼 다가와
시간을 얇게 포 뜨고 어둠을 조금씩 발라냈다
누웠거나 선 채로 둥글거나 모난
눈으로 윤곽을 그리자
어슴프레 드러나는 까마득한 시간과 마을
우두커니 서 있다
앞산과 뒷산이 연민의 눈빛으로 물끄러미 바라보고
비탈의 시간을 잘 견뎌온 나무가 나무의
등 뒤에서 멍하니 서 있다
깊이 묻혔던 적막은 백색의 옷을 입는다
언 강물이 쩔컹쩔컹 엿장수 가위소리를 내며 수면을 잘
라내자
수몰됐던 마을이 뭍으로 나 앉는다
사람의 마을에 길이 나고 뉘 집에선가 등불 하나 켜지자
문득 구들장을 놓고 떠나간 아버지의 바튼 기침소리 들
린다
시간의 두께가 쌓인 길목에서 아버지를 만나 듯
또 다시 누군가 돌아와 나를 만나고 간다
떠나간 길 저쪽 끝과 시작되는 길
이쪽에 멍하니 서 있다
다시 동쪽을 향해 걸어가리라

시집媤宅을 읽다

시집오던 해
어머님과 함께 콩 타작을 하는데
갑자기 소낙비 쏟아졌다
도리깨에 맞은 콩들은 때는 이때다 하고
마당 낮은 곳으로 낮은 곳으로 숨어들고
급기야 빗발이 파놓은 흙속에 몸을 묻고
콩대 콩깍지 종일 얻어맞은 분풀이로
이대로 앓아눕겠다고 도리질을 했다

중절모를 쓰시고 다리를 꼰 채
마루 끝에 앉아계시던 아버님을 향해
비비 비 비가 와요 도와주세요 서두르세요

말이 빨라지고 말이 소나기에 젖고

누가 어른인지 모르겠다, 빗속에 말 못을 박고

아버님 여전히 미동도 없이 담배만 피시고
어머님 한숨만 쉬시고
새색시 발만 동동 구르고
빗물엔 불통의 말이 통통통 뛰어다니고
비운의 앞날이 둥둥 떠다니고

화가 난 콩들은 퉁퉁 불어터지고
소낙비 하얀 발엔 퍼런 날이 서고

풍금이 운다

서로 다른 악기에서 같은 음이 난다

뼛속 건반을 누르자,
말을 묻고 분노를 묻고 슬픔을 묻고
한숨을 묻었던 몸의 소리

기우뚱
갑자기 장마당이 기울어졌다, 일어선다

장터에 악사들이 지나간다
앞선 이 흰 건반을 누르자
뒷선 이 검은 건반을 누르고
돌아가는 이, 잠시 쉬었다 가는 이
덤으로 얻은 또 하나의 다리로
온 음표, 땅을 짚고
16분 음표, 허공에 산을 그린다

그들의 몸에서 내 몸의 소리 듣는다
망설임이 지나가고 흔들림이 지나가고
사랑이 지나가고 계절이 지나가고
수천의 시간이 몸 휘감으면
뼈들이 부대끼며 음악을 만들겠지

석류

늙어 봐라

얼마나 그리운지

들려 줄 수 있잖니, 목소리는

전선 끝을 부여잡은 물을 문, 소리
순간 탁자에 쪼그리고 앉아있던 전화선이
벌떡 일어선다, 수직의 두 몸
들려 달라는데 잠긴다,
서로가 파 놓은 우물에 빠진다
이쪽에서 저쪽으로 저쪽에서 이쪽으로
물을 퍼 나른다, 비밀한 전선
가지는 보고 뿌리는 보지 못하는 근시안으로
같은 골목을 배회하는 동안

시골집 마당가 석류나무
그의 눈은 눈이면서 입이었고 입이면서 귀였다
낯빛 붉그락 푸르락 하얀 이빨을 드러내고
설움에 이 악물다 빠뜨린 당신의 치아를
입 안 가득 물고 있었다
촘촘히 박힌 당신의 독백을 붉게 토하고 있었다

>

고막에 터를 잡은 말

언제 올 겨 ?

비는 소리를 갖지 않는다

목울대가 없다, 비雨
있다, 비悲

사물들이 제 머리를 들이대어
나름의 소리를 빚어내는 것이다
길은 온몸으로 누워 도 도, 도로 눕고
머리 꼿꼿이 세워 파 파, 파래진 풀잎
양철지붕은 두 팔 벌려 라 라 라, 날아가는 연습을 한다
나뭇잎 돌림노래처럼 박수를 치는 동안, 비
제 몸 촘촘히 세워 주름을 잡는다
허공이 접혔다 펴졌다 거대한 아코디언이 된다
아니 스틱이 된다, 물 스틱

맞는 자와 때리는 자만이 공존한다

저 물주름 새새에서 걸어 나오는 아버지
자식을 잃고도 울지 않았던
때는 이때라고 빗줄기 세차게 콧등을 후려친다
내장 깊이 꾹꾹 눌러 묻어두었던 슬픔
목울대를 친다, 아버지 목울대가 운다
이제야 완성된 당신의 울음
울음이 젖는다

바람의 색

일제히 웃는다, 비명처럼
한 발 가까이서 보면 웃는 눈이고
서너 발 물러나서 보면 우는 입이다

세상 밖의 세상이다
웃으란다
햇살이 따라 웃고 꽃놀이패가 따라 웃고
어둡고 습한 내 마음도 따라 웃고
벽화 속 여인도 따라 웃고, 십리 밖 산벚꽃나무도
목련도, 진달래도 따라 웃고
웃다가 운다, 아니 울다가 웃는다
바람 불고 비 오면 한 순간 와르르
사라질 것임을 알기에 웃는다
잠시 빌려왔음도 알고
머잖아 내어줄 시, 공간임을 알기에 웃는다

그러기에 울음 끝 짧고
눈물은 뜨겁다

거짓의 옷을 짓는

세밑 모여든 이대 삼대 줄줄이 씨줄로 앉혀 놓고
그의 혓바늘에 걸려든 억울한 이, 날줄로 엮어
그들의 귀를 관통하고 눈을 통과시켜
각각의 마음 색을 수놓아 거짓의 옷감을 짠다
거짓의 옷이 입혀진지도 모르고 죽어간다
다시 벼르고 벼려진 혀, 모함의 칼날을 문다
그 칼에 목이 베이고 벼린 칼날은 화살촉이 되고
그의 독침이 묻은 화살은 그들의 심장을 뚫고
오장을 뚫고 자신의 혀를 뚫고
찢긴 혼, 올올이 수의로 지어져
산자들의 몸에 입혀진다

모두를 살해한다, 모함의 혀

말을 탄 이도
말을 모는 이도
말을 듣는 이도

밤길

물이 쏟아진다
하늘이 범람한다
골목 희망교회 십자가에 장례식장 유리창에
뒷산 칡넝쿨에 기대어 곡을 한다
고였다 넘치는 것들은 울음에 곡을 붙인다
아버지 뇌에 고였던 물이 내게로 와 범람하고
곡은 눈물을 말린다

불혹을 문고리에 걸어둔 채 먼길을 떠났다
이제 그늘 아닌 그늘에서
빛을 찾아가야 한다, 우리는

바람이 거칠게 몸부림치고
물이 날아다니다 고꾸라진다
사람들 우르르 달려들어 빚은 토기 속에
당신을 가둔다

길이 끊기고 캄캄한 어둠속 헛발질
사방에 도사리고 있는, 저 입 벌린 절벽

그날

다 죽었다, 신은*

지혜 엄마가 믿던 예수도
민우 아빠가 믿던 부처도
윤석이 누나가 믿던 천주교도
진이 할머니가 믿던 애기동자도

산자들의 눈물은 바다로 고였고
바닷물이 짠 이유 분명해졌다

그 많은 죽음을 지켜보던, 물고기 떼
제 꼬리지느러미를 자르고
부레를 터뜨리고 붉은 아가미를 찢고
끝내 눈마저 멀었다

파도가 거품을 물고 오열하는 것도
물고기 몸에서 비린내가 나는 것도
물고기 눈이 슬퍼 보이는 것도
죽어서도 눈 감지 못 하는 것도
그 때문이다

목숨 가득 실은 세월이, 세월 속으로 가라앉았다

아무 일도 없다는 듯 세월은 흐르고 또 흐르고

다 뱉지 못한 울음
저 소금밭에 있다

* 니체의 말

억새

수억 마리의 새떼

하얀 발을 땅속에 묻고
은빛 날개를 비벼대는 고독한 날개짓
사람들 철새처럼 날아들어 시간을 박제한다

고집으로 날아오른 풀새

그 새새에 날개 없는 이들
아집의 날개를 접는다
가난한 가장들 억세게 떠돌던
노동의 뿌리 하얗게 부서진다

날개 없는 새

고집은 하얗게 번지고
고집은 하얗게 메마르고
가장의 어깨엔 늘 소금꽃이 피어나고
소백산 자락엔 날지 못하는 새떼들의
저 아득한 내지름

절규

통증 없이
어찌 머문 자리 지우랴

붉나무 단풍나무 손을 잡고
굴참나무에 기대어
성깔대로 붉고 생긴 대로 익는다
아버지 구십 평생 머문 자리 지울 때처럼
열꽃으로 입술 하얗게 태우 듯
제 몸을 태워 내려놓는다

밑불, 입 불 나무들 꼿꼿이 서서
불 위에 불을 놓는다
산, 앞 다퉈 불길로 불길로 뛰어 든다
가을을 타던 이도 끝내 말없이 뛰어들고
땅의 뜨거운 숨결, 가을 하늘의 차가운 물빛으로 지고
오솔길엔 숨가쁘게 달려온 걸음, 걸음이 쌓인다

매미소리

날을 간다
제 등걸에 울림판을 두들겨 칼날을 세운다
바람의 치맛자락이 갈기갈기 베인다
베인 바람의 살점들 양철지붕을 두드린다
제재소 톱날을 울린다
퍼런 톱날에 허공의 몸통이 잘리고
톱밥처럼 소리가 쌓였다 흩어진다

짧은 생의 집을 짓는다, 공명의

저 소리
간을 녹여 실을 잦는가
어머니 그렇게 허공에 들고
내 울림통은 찢어지고
공명은 공명으로 무너진다

뿌리로 간 가지

저렇듯
허공으로 난 길도 맘껏 갈 수 없구나
바라볼 뿐 어찌할 수 없이 무참히 잘린다
해 걸러 자라다 잘리고 자라다 잘린 가지들
옹이로 생을 장식한다

하늘이 외눈을 감는다

찰나로 스치는 바람의 손을 만졌을 뿐인데
순간 허공의 옷자락을 잡았을 뿐인데
한 이레 매미에게 등 빌려줬을 뿐인데
공공근로자 빠르게 전기톱을 들이댄다
하늘을 오르려던 꿈 땅으로 떨어진다
눈도 팔도 없는 저들
언 땅 위에서 뿌리 내리는 법을 배우고 있다

3부

매미

마을 어귀 둥구나무 밑을 찾아들었을 때
소낙비 억세게 퍼부었다
쏴~쏴~ 쏴~~~
옷은 젖지 않고 귀를 적시는 저 물소리

그늘은 가슴까지 차오르는데

파장은 내 몸을 높이 끌어 올리고
정적은 내 영혼을 가만히 내려앉힌다
볕은 흩어지게 하고 그늘은 모아들인다
그늘 속에 내가 있다

흩어지는 것도 나고
웅크리고 있는 것도 나다

떠났던 봄이 와도

장기전이다

매일매일 키이우를 탈출하는 시민들의 행렬처럼
포로군의 숫자가 늘어나고
점령지가 확장된다
모두가 모두의 적이다
마스크가 마스크를 피해간다
입이 사라지고 입이 생겨나고
코가 사라지고 코가 생겨나고
마스크는 또 다른 입이면서 코이며 얼굴이다
희거나 검은 얼굴엔 감정선이 없다
면식할 수도 인식할 수도 없는
무한 무장 속에 있다, 우리는

가끔 목소리 지문만이 서로의 안부를 묻는다

뜨거운 심장과 심장이 징검돌로 놓인다

거리와 거리 사이 사람과 사람 사이
끝을 알 수 없는 터널이 있다

터널 끝, 지지 않는 봄을 기다린다

고들빼기

울컥, 솟는다
순간 멎는다 피
주먹을 울리고
망막에 사람을 키우고
울음 목젖으로 짓누르면 저리될 수 있구나
저렇듯, 자신을 달래던 이의 피는 희디 흰가
할머니가 그랬고
어머니가 그랬고
내가 그럴 것 같은
죽은 여인들의 풀,
여인들만이 그들의 몸에 든 독을 삭힐 수 있다
저 먹먹해진 끈끈한 피를 걸러낼 수 있다

할머니가 먹었던 풀이 할머니를 먹고
어머니가 먹었던 풀이 어머니를 먹고
나 또 그 풀을 먹고
언젠가 그 풀은 또 나를 먹고
독은 독을 품고 독은 독을 삭히고

기별이 오다

저건, 분명 울음 우는 입이야 하는 순간
돌연, 웃음 웃는 눈으로 다가온다
가슴 저리게 울다, 눈 동그랗게 뜨고 웃는다
입이 눈을 물고 오고, 눈이 입을 달고 오자
웃는 눈 우는 입이다
아는가, 빛과 물과 바람 맛을 보던
저 입과 눈의 수, 많은 이유
짧은 시간 내에 고 작은 눈과 입으로
세상을 다 말할 수 없고 다 볼 수 없음이라
울음도 웃음도 잠시, 내리 뛴다 허공을 향해
맡는다, 땅 내 ─ 음

다 울었는가, 다 보았는가
어미는 묻고 아이는 아직 답하지 않았는데
빠르게 단다, 귀
이제 들을 얘기만 남았다고
수천 개의 귀를 단다

입, 반만 열어 놓고 살라 하시더니
이제 완전 닫으라 하신다, 먼 나라 당신

봄을 훔치다

산후풍의 몸으로 산을 오른다
산야는 온통 산실, 산모들 저마다
자기 성을 가진 아기를 출산한다
뜨거운 숨소리 들으러 간다
젖내 깊게 밴 살내 그리워 간다
아니 그때의 통증 느끼러 간다
군자산 조령산* 돌고 돌아
봄을 훔쳐 업고 안고 내려온다
저 봄 생들 산후풍을 다스린다

저들 몸에 파란불 켜지면
내 몸도 붉게 달아오르지
그곳에 가면 통증마저 없어지지

완경의 몸이 뜨거워진다

* 충북 괴산군에 있는 산

낯선 마을에 기적은 오지 않았다

인천 앞 바다가 어둠을 밀어내고
반마일 쯤 다가와 육지가 될 때
부평역 첫 기차는 긴 숨을 토해냈다
역전 옆 두부공장을 지나 허름한 집
구들장을 일으키며 빽빽대던 출발 음
가난이 등짐이었던 열다섯 살 유학생의 울음이던 소리
꿈속의 어머니 열차의 칸칸에
선연히 오시는 듯 사라질 때
눈물에 삭던 밥알이 있었다
철길을 받쳐 든 언덕에 흩뿌려진 달래에선
어머니의 입 냄새가 났고
언제나 빼어든 목울대는 울컥울컥
달래 꽃망울을 터뜨렸다
그렇게 서서 본 열차 안의 여인이
철길로 곧장 오던 달님이
매운 맛 한입 베어문 달래가 그때의 내 어머니였다

저린 세월 챙겨들고 그 도시를 빠져 나왔을 때
철길 뚝뚝 분질러 못질 된
어머니의 낡은 일기장을 보았다
파란 천으로 가슴살을 기우셨던
그 멍울 거둬내기도 전에

또 다른 선로 위에 선 이름이여

목련꽃

누가
조등을 내걸고 갔는가

모두가
돌아오는 봄날

오지 않는 이 있어

울다 지친 어린 딸이
마당가
소복을 벗어 던지고 있다

귀뚜라미 1

매미를 향해 어서
자리물림하라고 타이르는 소리
달궈진 붉은 열선 감아내는 소리
날개를 비벼 허공중에 떠도는 물방울 말리는 소리

노처녀 노총각을 위한 연애학개론 강의 중

구애의 소리 엿듣던 사과열매 얼굴을 붉힌다

아니, 내게
책 좀 읽으라고 종용하는 소리
따라 읽으라고 선창하는 소리

고요 1

외딴집 마당, 멍석에 빨간 고추
그 가장자리 백발의 노인
다 내려놓아 움푹 패인 욕심자리, 환희자리 다독인다
무너져 내린 관절자리, 근심자리 보듬는다
우물 깊은 곳에 안구를 빠뜨리고
몸 깊은 곳에 씻눈을 묻으며

들으려 해도 들림 없고
흔들어도 나부낌 없는 분명하고 견고한
고요의 기슭, 그곳에 들기 위해
생의 밑그림 지우려는데
아직은 서툰 몸짓 설운 나이

흔든다, 가슴 저 밑
길을 잃고 주저앉아 있는 이와
때때로 자신을 잊어버리는 이가

비의 집

빗줄기 저리 많음은
비가 빗속으로 숨기 위함이지
비가 빗속으로 숨자
또 하나의 비를 세워 또 하나의 비를 숨긴다

비의 집을 짓는다

비 앞에 비가, 비 옆에 비가, 비 뒤에 비가
또 그 비 뒤에 비가 산다
비 뒤에 그리운 이

살아서 온다
아니, 살리려고 온다
저 땅에 어린母들

두 개의 태양이 뜨다

베옷을 입고 있다
꽃도 씨앗도 품지 못한 것들
제 뿌리 밑에 제 이름을 묻고

우리는 같은 업을 지었던가
붉게 달궈진 두꺼운 무쇠솥에 갇힌다

마중물을 모으는가
긴 인중으로 흐르는 콧물을 훔치며
오늘도 옆집 민이 할배 집안 곳곳에
빗자루를 거꾸로 세우는 의식을 치르는데

밤마다 앞집 김씨 부인
뒷마을 노총각을 만나고
하늘 아파트 A동 박씨 부인 C동 민씨를 만나고
그렇게 두 개의 태양이 뜨고
두 개의 태양이 지고

대지는 야위어 가고 불임의 시대는 가고

민들레

온 들판이
초록 옷을 입자

앞섶은 여미어야 한다고

민들레 서둘러 꽃 피워
노란 단추를 단다

잘 가봉된 초록 상의에
노란 단추를 채운다

불안의 눈은 하얗다

소음이 소음을 집어 삼키고
하늘이 산으로 산이 마을로 포개져
어둠과 적막이 대립해있다
멀리 개가 짖자 숙면이 깨지고
뭉텅뭉텅 허공이 잘려나가자
불안의 눈이 각을 세운다
검은 그림자가 창문을 훑고 지나간다
혹, 지난 밤 진이 할매 집에 들었었다는
복면 쓴 사내……
다급하게 옆집 꾀돌이 백구 누렁이
허공 속에 송곳니를 박고 어둠을 물고 흔들어 댄다
집들이 눈을 뜬다. 집들이 살아나고
마을이 환해지자 황급히 달아난 그 사내
밤마다 고양이 눈을 훑고 내 눈을 훑고 골목을 훑고

어둠과 맞선 불안의 눈은 하얗다

꽃

이제 막 초경을 치르고 있다

세상을 향해 수줍게 웃는 사루비아
아기집을 갖는다
우르르 교문을 나서며 왁자지껄 언덕을 넘는다

도전체전을 앞둔 그해 여름
오지의 학교서 합숙 훈련 중
몰려드는 오한 함께 솜이불을 덮고 그 꽃을 피웠다
아무도 모르게
낯선 교정의 우물가 벌거벗고 나와 있던
달님이 빨간 그 꽃잎을 노랗게 물들여
친구의 눈도 바람의 눈도 노랗게 가렸다

그러나 백리 밖 어머니는 어찌 아시고
하얀 꽃받침을 들고 오셨다
열네 번째 맞이하던 그해 여름
달거리 꽃을 피웠다

선운사의 봄 2

대지가 걸픽지게 몸을 푼다
쫓기듯 쫓겨오는 바람을 끌어안고
삼라만상에 뼈마디를 세운다
자궁을 비집고 나온 푸른 눈을 가진
어린것들의 울음소리, 행인의 발을 잡는다
엎드려 맡아보는 이 비릿한 젖내음
혼탁한 내 피를 거른다
언덕을 받치고 허공을 괴고 있던 초목들
세상 밖으로 색색의 희망을 달아
금줄을 내건다

또 다른 산도를 빠져 나오려는
시심詩心 위로 동백꽃이 길을 밝히고 있다

바람이 저 혼자 동백꽃에 몸 부비며
온 산을 흔들고 있다
아직 뜨거운 눈마춤도 없었는데
따닥, 바람이 동백의 따귀를 쳐
붉은 눈알을 빠뜨린다

툭,

4부

보름달

깊은 우물에 빠진 보름달
건져 올리려 두레박을 내리자
탁,
깨진다

한참 후에 보면
다시 둥그러진 보름달

어머니 보름 때면 달을 건져 올린다
달을 퍼 올려 나를 낳고
아우를 배고

서로가 서로의 집이 되어

지하도가 그의 집이다
그가 지하 맨 마지막 계단을 찾아들자
지하 계단 하나가
노숙자 김씨의 몸으로 들어가 비로소 집을 갖는다
그가 지하계단의 집이다
노숙자 김씨가 노숙자 이씨의 집이다
이씨가 김씨의 집에 마음을 누인다
서로가 서로의 집이 되어
저렇듯 잠을 청할 수 있음도
이승이기 때문이다

이승은 저승의 집이다
저승은 이승의 집이다

이승과 저승
그 간이역에 있다

말을 잘라 먹다

자네 술 좀 할 줄 아나
취객이 골목 끝 전봇대를 붙들고 말을 건다
난 반주로 소주 한 병 하지
그러자 전봇대 에이,
안주 오기 전에 한 병 까야지

잔으로 마시나
어데, 잔술은 잇새에 끼고
맥주잔은 혀끝만 잠기고
대접으론 목젖이 샤워할 뿐이지
소주 2병 맥주 2병 말아서 단숨에 들이켜야지
그쯤 돼야 술 좀 할 줄 안다고 하지
그쯤 돼야 세상 시름 내려놓을 수 있지

그 쯤 돼야,
다리가 다리를 걸어 넘어뜨리고
팔이 팔을 비틀어 부러뜨리고
이빨이 이빨을 물어뜯고
혀가 말을 잘라먹지

그 광경 지켜보던 호박넝쿨 슬며시
담장을 내려와 빗장걸이를 한다
토악질 받아내고 오줌발 받아내던
골목에 빠르게 업어치기를 한다

뜨거운 밥

꽃상여 하나 산을 오른다

간밤에
누가 또 밥숟가락을 놓았나보다

이제 숟가락은 그의 입 냄새를 기억할 뿐
세월에 묻혀 녹슬어 가리라

오늘 아침
한 사발의 뜨거운 밥이
저 푸른 하늘을 보게 했구나

末

끈끈이에 붙어 썩고 있는
제 몸을 본다, 쥐의 눈
배춧잎 무~우 토막 생선대가리 눈 온전히 감고 있다
소리로 와 빛으로 살다 냄새로 가는가, 生
미련 갖지 말라 갖지 말라
최후의 순간을 코끝에 고한다
버려지고 잊혀진 것들, 먼 날
내 몸의 냄새까지 뱉어 낸다
그대는 구수했는가, 달거나 맵거나 구렸던 생
뒤섞어 묘지를 이룬다
나를 버리고 서로에게 안겨 한 몸이 된다
먼 길 돌아온 발자국들 원점에 든다

나와 가로등과 바람을 세워놓고
흙과 풀들이 그들을 殮한다
주검을 맞이하는 자와
죽음을 배웅하는 자가 함께 서 있다

목욕탕

둥근 탕 속에 몸을 담그고
태반에 든 듯
배냇짓을 해 본다
물속에서 손가락을 꼼지락 꼼지락
몸을 반원으로 웅크려도 보고
잠수하여 눈을 껌뻑껌뻑,
희죽 웃어도 보고
죽은 듯이 엎어져도 보고
벌렁 누워도 보고

벽에 걸린 시계의 초침이 빤히 바라보고 있다가
물 안으로 물 바깥으로 한증막으로 황토 방으로
탯줄처럼 내 배꼽을 묶어 돌린다

물에서 태어나 물 밖 허공에 떠돌다
한증막 같은 지옥을 건너 흙이 될 때까지,
점지된 발아점에 들다

귀뚜라미 2

저 작은 화음이 모여 지구를 민다

무수히 쏟아지는 뜨겁던 열선을 사린다
허공을 메우던 끈적한 물의 입자가
그의 날개 밑에서 마른다
내 몸의 습까지 빨아낸다
물렁뼈가 야윈다, 아릿아릿
누가 갈비대를 비집고 들어오고
뇌 속 외길로 바람이 든다

지구는 조금씩 밀려 또한 시절을 불러 앉히고
바다를 건너온 필리핀 새댁은
뱃속에 또 한 세대를 안고 뒤뚱거린다

문 열면 사방이 신방
조용히 불을 끈다

어둠을 낳다, 노을

산 그림자에서 푸른 공기가 퍼질 때
하늘이 조금씩 찢어지더니 피를 흘린다

갑자기 조용해진 세상 저, 끝에서
훅, 어둠이 몰려온다

서둘러 구름 솜이 노을을 닦아내자
얼굴 까만 사내들이 떼로 와 골목을 메운다
저 시꺼먼 사내들을 제치고
찾아 나설 수가 없다

먼 먼 산문에 든 아버지

찔레꽃 자지러지고

이분법을 가르친다, 물 고였던 곳에

도열한 벼들 여럿이면서 하나로 몰려 올 때
고추모들 하나이면서 여럿이 묶여 떼로 올 때
베옷을 입혀놓고 운다
저수지 바닥에 거북등 줄지어 엎어놓고 운다
지하수 끌어올려 고추밭 옥수수 밭에 수혈하는
박씨 가슴에 검붉은 숯덩이 꽝꽝 박으며 운다

태양은 빛으로 운다

제 몸 속 불화살을 연신 뽑아내며
뜨거워 흘리는 눈물이라고 컹컹 울부짖는다
구름의 자식 따윈 키우지 않겠다는
저 결연한 울음,

우지마라, 우지마라, 컹컹

입가에 달무리 짓고 웃어라
눈가에 햇무리 짓고 웃어라

고추모들 엉엉 소리 내어 웃고
벼들 첨벙첨벙 뛰어다니며 웃고
감자알 데굴데굴 구르고, 떼구루루 웃게

고요 2

파란 가을 하늘에
비행기가 지나가자

하얀 실금이 간다

세상의 소음이 빨려들어 간다

먹먹해지는
오후
빛이 소리를 먹어치운다

얼른 귀를 떼어 준다

둥구나무

바람이 불자
나무들 허공에 알 수 없는 문장을 쓴다
혼자 서 있던 둥구나무
모든 문장에 마침표 찍는다

그 앞을 지나자
얼른 제 그림자를 내려놓아
그늘을 만든다
잠시 땡볕을 피해
땀 좀 식혀가라고
말 벗 좀 되어 달라고

세상 이야기가 궁금했던 게야
허공에 쓸 글감을 얻고 싶었던 게야

마을 집집의 내력을 듣는다

수양자식

노후대책 보험처럼 믿었던 자식이
소용없는 세상이 되었다며 혀를 찬다
천근같은 발걸음 내딛으며 지팡이로 허공을 내젖는다
내 발이 효자요 내 손이 효녀라고
세월을 어루고 달래다 거칠어진 손을 내 보인다
칼날 같은 세월이 손금을 지우고 몰아쉰 한숨이 손금을
그린다
오일 장날 옆집 할매 동행해 생선이며 솜바지를 산다
할매의 한 할매가 들어주고
할매의 삶 할매가 기억한다
쌈지 돈이 효자라고 속곳에 천을 잇대 꿰맨 돈주머니
옷핀으로 봉하고 열면, 손수건에 돌돌 말아 싼 지폐가
쌀가게 옷가게 약국을 동행한다
구부러진 허리 주눅 든 마음 일으켜 세운다
공공근로로 받은 돈은 아들이요
인삼밭 품 판돈은 딸이요
폐지 모아 번 돈은 손자란다
할매는 매일 양딸 양아들 낳고 양 손자를 보고
그 양딸 양아들이 할매를 봉양한다

함박눈

털갈이를 한다
저 거대한 겨울짐승
희고 몽글몽글한 털이 쌓여
단단한 이빨이 된다
구병산*이 털옷을 입고 조용히 누워있다
며칠째 골목이 일어나지 않고 동면에 빠져있다
지금 겨울짐승이 털갈이를 한다
완전한 헤리스테리어**가 될 때까지
조용히 기다려야한다

* 충북 보은군 마로면에 있는 산
** 털 없는 아메리칸 개

숨

수직의 벽을 걷는다, 만 개의 발
발자국마다 실핏줄을 불어 넣는다
바람이 불자 천 개의 심장이 뛴다
집이 숨 쉰다
담쟁이넝쿨 뜨거운 심장이 뛴다

오랜 병상 노모의 간헐적인 숨
걸음을 잃어버린 야윈 발
명치끝으로 내려선다
가슴으로 난 발자국에 통증이 고인다

누가
저 산에 흙집을 짓는가

포크레인 빠른 입질에
어린 풀들이 먼저 숨을 거둔다
포크레인 심장은 저리도 거칠게 뛰는데
담쟁이넝쿨 심장은 저리도 붉게 뛰는데

놓는다, 숨

여름 산

만삭의 몸을 안고 신음하고 있다

상수리나무 등걸에 업혀
삶을 즐기는 매미소리
까맣게 산을 들어올린다

산달이 차고 넘은 저
무덤의 배, 끝내
자궁 문을 열지 못한다

외로운 이의 머리칼을 끌어안고
혀를 묻은 산
숲 키워 죽은 자의 집을 가꾼다
산란을 위한 벌레들은 잎 뒤로

뒤로 가 수천 개의 길을 내고

나는 회임을 상상한다, 무덤의
여름 산, 저토록 뜨겁게 감싸 안으면
언젠가 멈춰선 시간을 깨치고 나오는
낯익은 사람을 만날까

목청 잃은 새가 터뜨린, 저 아득한 속울음
- 유영삼의 시

오홍진 문학평론가

목청 잃은 새가 터뜨린, 저 아득한 속울음
– 유영삼의 시

오홍진 문학평론가

유영삼은 '시인의 말'에서 "입 속에 혀를 감추고/ 혀 속에 언어를 묻었다"라고 이야기한다. 입을 다물고 있으면 혀는 드러나지 않는다. 겉으로 드러나지 않는 혀 속에 시인이 언어를 묻은 까닭은 무엇일까? 입속에 혀가 있고, 혀 속에 언어가 있다. 언어는 입을 통해 나오지만, 그 전에 혀를 거쳐야 한다. 감추어진 혀 속에 감추어진 언어가 있다고 말하면 어떨까? 이 언어로 시인은 시를 쓴다. 감추어진 혀와 언어는 일상의 눈으로는 볼 수 없는 세계로 들어가는 열쇠가 된다.

「벚꽃」에서 시인은 봄소식을 전하는 벚꽃을 "목청 잃은 새"로 표현한다. 나무 위에 하얗게 앉은 새 떼는 "동그란 눈 커지는 눈 핏발 서는 눈"으로 시인을 내려다본다. 새가 노래를 부르지 않으니 "사람들 그의 목에 청을 불어넣으려 선창을" 한다. 그래도 새들은 노래를 부르지 않는다. 입을 오물대지만 "저 아득한 속울음"은 소리가 되어 흘러나오지 않는다. 기다리고 기다리던 봄이 왔다. 마음 깊은 곳에서는 속울음이 흘러넘치는데, 목청이 도무지 터지지 않는다. "끝내 한 음도 내뱉지 못하고 눈으로 전한다."라고 시인은 쓴다.

목청껏 울지 못하는 새의 아픔을 시인이 어떻게 모를까?

화사한 봄을 알리는 벚꽃은 바람이 불면 이내 땅으로 떨어져 내린다. 벚꽃은 더 오랜 시간을 나무에 매달려 마음껏 봄을 즐기고 싶을 것이다. 새가 아름다운 목소리로 노래를 부르고 싶듯이. 하지만 아무리 속울음을 울어도 벚꽃은 노래를 부를 수가 없다. 목청도 없이 비명으로 봄소식을 전할 뿐이다. 시간이 흐르면 벚꽃은 덧없이 떨어질 터이고, 그만큼 봄은 더욱더 무르익을 터이다. 무언가를 표현하고 싶어도 쉽사리 그것을 표현할 수 없는 상황이 벚꽃의 "저 아득한 속울음"을 낳는다. 유영삼 시가 뻗어 나오는 근원이라고 봐도 좋겠다.

「삼매경」을 참조하면, 벚꽃이 그 속에 머금은 아득한 속울음은 고장 난 수도꼭지에서 물이 떨어져 스테인리스 대야에 시간이 고이는 현상과 맞물려 있다. 한없는 고요가 흐르는 세계에서 시인은 대야에 떨어지는 물소리가 "책 속 활자를 적시고 선운사로 흐르고/ 선운사 동백꽃을 떨어뜨리"는 상상에 빠져든다. 그곳에 "나는 없"다. 정확히 말하면 물소리에 의미를 부여하려는 존재는 아무런 힘을 발휘하지 못한다. "똑, 찰, 똑 찰, 끈쩍한 파음"만이 시간이 흐르는 공간을 채운다.

　　말을 내려놓기 위해 산을 오른다
　　허리를 굽히고 혀를 꺼내 오른손에 쥐고 오를 때
　　비로소 들린다, 말

　　계곡물은 작은 돌에서 큰 돌 큰 돌에서 나무

나무에서 구름 위로 음계를 그리고
새들은 그 음계의 중간쯤에 있다
바위산은 가장 무겁고 두꺼운 시간의 책장
참나무 단풍나무 서로 다른 페이지로 흔들린다
단풍잎은 바람의 입술에 입술을 맞대고
뜨겁다고 느끼고 간지럽다고 말한다
발자국 소리에도 까르르 웃는 풀꽃의 이름은
지금 이 순간만큼은 까르르 풀꽃

말로는 형용할 수 없어
말을 내려놓는다
내려놓아야 비로소 들리는 저, 말

듣기 위해 내려놓는다, 말
─「비로소, 들리다」 전문

　시인은 혀를 꺼내 오른손에 쥐고 산에 오른다. 입속에 감
춘 혀를 꺼냈다는 건 혀 속에 묻은 언어를 쓰겠다는 말이 된
다. "말을 내려놓기 위해" 오르는 산길에서 시인은 "비로소
들린다, 말"이라고 선언한다. 의미에 매이면 말에 묶일 수
밖에 없다. 시인은 의미를 내려놓음으로써 말에 이르는 길
로 들어서려 한다. 의미에서 벗어난 말은 리듬을 타며 사물
과 사물 사이로 뻗어나간다. 저마다의 사물은 저마다의 리
듬으로 몸을 흔들며 춤을 춘다. 바위산이 "가장 무겁고 두
꺼운 시간의 책장"을 형성하면, 풀잎들은 "발자국 소리에
도 까르르" 웃음을 터뜨린다.

"말로는 형용할 수 없어/ 말을 내려놓는다"라고 시인은 쓰고 있다. 말할 수 없는 것은 말하지 말라는 어느 철학자의 말을 따라 시인은 사물을 언어의 울타리에 억지로 가두려고 하지 않는다. 말에 서린 의미를 내려놓아야 비로소 사물이 하염없이 내뱉는 말소리가 들린다. 인간은 늘 눈에 보이는 사물에 의미를 붙이려고 한다. 그래야 사물을 지배할 수 있기 때문이다. 말을 내려놓는 일은 그러므로 사물을 향한 지배 욕망을 내려놓는 것과 다르지 않다. 시인은 사물의 소리를 "듣기 위해" 기꺼이 말을 풀어놓는다.

「산」에 드러나는 대로, 의미에 묶이지 않은 사물은 "나를 업고" 산에 오른다. 오르막길에서는 소나무가 팔을 뻗어 주고, 가쁜 숨을 고를 시점이 오면 바위가 알아서 무릎을 내준다. 암벽이 길을 막아서면 "산이 온 등을 내밀어 나를 업고 올랐다". 산봉우리가 발아래로 아득한 세상을 펼쳐 보인다. 시인은 "그 들 가운데 점 하나 아니 먼지, 먼지였다"라는 시구로 자기 모습을 표현한다. 거대한 우주에 견주면 지구 또한 먼지에 불과하다. 그 지구에 사는 생명은 그럼 먼지보다 더 작은 존재가 아닌가.

자신을 먼지로 생각하는 사람은 겸손함이 몸에 밴 존재라고 할 수 있다. 겸손한 사람은 자신을 중심에 세우지 않는다. 정확히 말하면 그(녀)는 따로 중심을 설정하지 않는다. 중심을 세우는 순간 변방이 생기는 법이니까.「그때, 우리가 심었지」에서 시인은 "우리를 품었던 어머니의 둥근 배와 무덤 사이"에 놓인 "직선의 길"에 주목한다. "생사는 그 길 양끝을 움켜쥔 주먹"이라는 시구에 나타나는바, 삶에서 죽음으로 가는 길은 직선으로 곧게 뻗어 있다. 삶과 죽음은 그만큼 가까운 곳에 자리하고 있다고나 할까?

　이 시에서 시인은 "무덤 둘레에선 허공을 가르던 새의 울음도/ 구슬을 굴릴 줄" 안다고 이야기한다. 하늘로 뻗은 나뭇가지는 적당한 자리에서 휠 줄 알고, 숲속에 핀 초롱꽃은 둥근 등을 내걸 줄도 안다고 말한다. 싸움은 칼끝과 칼끝이 맞닿을 때 일어난다. 자기를 한없이 낮추면 서로를 향해 칼끝을 들이댈 까닭이 없다. 시인은 삶과 죽음을 잇는 직선의 길을 갈지자之로 걸으려고 한다. 겸손한 사람은 늘 에두른 길을 찾는다. 천천히 길을 걸으며 주변 사물을 돌아본다. 직선으로 뻗은 길일수록 더욱더 사물과 더불어 갈 길을 찾아야 하는 법이다.

　　　목울대가 없다, 비雨
　　　있다, 비悲

　　　사물들이 제 머리를 들이대어
　　　나름의 소리를 빚어내는 것이다
　　　길은 온몸으로 누워 도 도, 도로 눕고
　　　머리 꼿꼿이 세워 파 파, 파래진 풀잎
　　　양철지붕은 두 팔 벌려 라 라 라, 날아가는 연습을 한다
　　　나뭇잎 돌림노래처럼 박수를 치는 동안, 비
　　　제 몸 촘촘히 세워 주름을 잡는다
　　　허공이 접혔다 펴졌다 거대한 아코디언이 된다
　　　아니 스틱이 된다, 물 스틱

　　　맞는 자와 때리는 자만이 공존한다

저 물주름 새새에서 걸어 나오는 아버지

자식을 잃고도 울지 않았던

때는 이때라고 빗줄기 세차게 콧등을 후려친다

내장 깊이 꾹꾹 눌러 묻어두었던 슬픔

목울대를 친다, 아버지 목울대가 운다

이제야 완성된 당신의 울음

울음이 젖는다

– 「비는 소리를 갖지 않는다」 전문

  하늘에서 내리는 "비雨"는 목울대가 없지만, 사람의 마음
에서 들끓어 오르는 "비悲"는 슬픔으로 가득 차 있다. 시인
은 사물들이 제 머리를 들이댄 곳에서 피어나는 빗소리를
다양한 이미지로 표현한다. 우선 "길은 온몸으로 누워 도
도, 도로 눕"는다. 머리를 꼿꼿이 세운 채 비를 맞는 풀잎은
"파, 파 파래"지고, 양철지붕은 두 팔을 벌리고 "라 라 라,
날아가는 연습을" 하듯 비를 맞는다. 돌림노래를 부르듯이
나뭇잎이 박수를 치면, 몸에 촘촘히 주름을 세운 비는 거대
한 아코디언이 되고, 스틱이 된다.

  비는 다른 사물이 자기를 표현할 자리를 기꺼이 마련해
준다. 비가 내리는 곳에서는 "맞는 자와 때리는 자만이 공
존한다". 맞는 자와 때리는 자의 대립을 비는 용납하지 않
는다. 비를 머금은 사물은 길에 눕기도 하고, 하늘을 나는
연습을 하기도 하며, 온몸을 흔들며 돌림노래를 부르기도
한다. 비는 땅과 만나면 땅으로 스며들고 나무를 만나면 나
무로 스며든다. 자기를 낮추어 새로운 생명을 일굴 줄도 안

다. 마른 땅을 촉촉이 적시는 비를 떠올려 보라. 마른 땅을 때리는 일이 곧 생명을 환대하는 길이 되는 묘한 현상이 일어나지 않는가?

소리를 갖지 않은 비이기에 자식을 잃고도 울지 않았던 아버지조차 빗속에서는 서럽게 울 수 있다. 깊은 슬픔에 빠진 아버지의 콧등을 세찬 비가 거세게 후려친다. "내장 깊이 꾹꾹 눌러 묻어두었던 슬픔"을 아버지는 기다렸다는 듯 울음으로 터뜨린다. 시인은 "이제야 완성된 당신의 울음"이라는 시구로 이 상황을 표현한다. 비는 스며들 자리를 가리지 않는다. 아버지의 울음을 받아줄 사물은 비 말고는 없다. 가슴 깊은 곳에서 일렁이는 지극한 슬픔이 아닌가. 목울대가 없는 "비雨"는 이렇게 아버지의 목울대를 통해 "비悲"로 거듭나게 되는 셈이다.

유영삼은 사물에 깃들어 있는 감정들을 다양한 이미지로 드러내는 시적 재능이 뛰어나다. 이를테면, 「바람의 색」에서 시인은 가까이 가면 "웃는 눈"이 되고, 조금 물러서면 "우는 입"이 되는 바람을 노래한다. 바람이 웃으면 햇살도 따라 웃고 "어둡고 습한 내 마음도 따라 웃"는다. 벽화 속 여인도, 산벚꽃나무도, 목련도, 진달래도 따라 웃는다. 바람이 울면 따라서 울어야 하기에 사물들은 바람이 웃을 때 어떻게든 더 많이 웃으려고 한다. 원 없이 웃은 사물만이 뜨거운 눈물을 흘리는 상황을 기꺼이 받아들일 수 있다.

> 날을 간다
> 제 등걸에 울림판을 두들겨 칼날을 세운다
> 바람의 치맛자락이 갈기갈기 베인다

베인 바람의 살점들 양철지붕을 두드린다
제재소 톱날을 울린다
퍼런 톱날에 허공의 몸통이 잘리고
톱밥처럼 소리가 쌓였다 흩어진다
– 「매미 소리」 부분

울컥, 솟는다
순간 멎는다 피
주먹을 울리고
망막에 사람을 키우고
울음 목젖으로 짓누르면 저리될 수 있구나
저렇듯, 자신을 달래던 이의 피는 희디 흰가
할머니가 그랬고
어머니가 그랬고
내가 그럴 것 같은
죽은 여인들의 풀,
여인들만이 그들의 몸에 든 독을 삭힐 수 있다
저 먹먹해진 끈끈한 피를 걸러낼 수 있다
– 「고들빼기」 부분

산후풍의 몸으로 산을 오른다
산야는 온통 산실, 산모들 저마다
자기 성을 가진 아기를 출산한다
뜨거운 숨소리 들으러 간다
젖내 깊게 밴 살내 그리워 간다
아니 그때의 통증 느끼러 간다

군자산 조령산 돌고 돌아
봄을 훔쳐 업고 안고 내려온다
저 봄 생들 산후풍을 다스린다
－「봄을 훔치다」 부분

　「매미 소리」에서 시인은 일주일을 울기 위해 칠 년의 시간을 땅속에서 견디는 매미의 삶에 주목한다. 칠 년 동안 매미는 말 그대로 "날을 간다". 울림판을 두들겨 칼날을 세우지 않으면 매미는 한여름의 열기를 소리로 품어낼 수가 없다. 한없이 날카로운 매미 소리에 "베인 바람의 살점들 양철지붕을 두드린다". 매미는 온몸으로 노래를 부른다. 몸 전체가 울림판이 되어 온 세계를 울리는 매미 소리를 가만히 떠올려 보라. 칠 년의 기다림이 있었기에 매미는 마음껏 울어젖힐 수 있다. 한이 깊을수록 소리 또한 더욱더 깊은 맛을 드러낸다고나 할까?

　칠 년 동안 묵힌 한을 매미는 한여름을 울리는 소리로 원 없이 풀어냈다. 「고들빼기」에도 이런 매미에 버금가는 한을 품은 사물이 나온다. 시인은 고들빼기를 "죽은 여인들의 풀"이라고 부른다. 오로지 제 욕망을 짓누른 "여인들만이 그들의 몸에 든 독을 삭힐 수 있"다. 가슴에 맺힌 한이 얼마나 깊기에 스스로 몸에 든 독을 삭혀 "저 먹먹해진 피를 걸러낼 수 있"는 것일까? 할머니가 먹은 풀을 어머니가 먹었고, 그 풀을 이제는 시인이 먹고 있다. 가부장제를 사는 여인들의 한을 시인은 고들빼기에 비유하여 실감 나게 표현하는 것이다.

　매미의 울음소리나, 고들빼기에 스민 독은 「봄을 훔치다」

에 이르면 산후풍을 겪는 "저 봄 생들"로 이어진다. 봄이 온 산야는 지금 "자기 성을 가진 아기를 출산"하느라 바쁘다. 시인은 생명을 낳는 어미들의 뜨거운 숨소리를 들으러 산을 오른다. 산 곳곳에 풍기는 젖내와 살내를 온몸으로 느끼며 시인은 오랜만에 "그때의 통증" 속으로 들어간다. 산후풍을 기꺼이 감수한 어미가 있기에 저 생들은 서슴없이 꽃을 피웠다. 뭇 생명이 피어나는 봄이 오면 시인은 절로 온몸이 달아오른다. 시간이 흘러도 사라지지 않을 어미의 본능과도 같은 것이다.

대지가 걸퍽지게 몸을 푼다
쫓기듯 쫓겨오는 바람을 끌어안고
삼라만상에 뼈마디를 세운다
자궁을 비집고 나온 푸른 눈을 가진
어린것들의 울음소리, 행인의 발을 잡는다
엎드려 맡아보는 이 비릿한 젖내음
혼탁한 내 피를 거른다
언덕을 받치고 허공을 괴고 있던 초목들
세상 밖으로 색색의 희망을 달아
금줄을 내건다

또 다른 산도를 빠져 나오려는
시심詩心 위로 동백꽃이 길을 밝히고 있다

바람이 저 혼자 동백꽃에 몸 부비며
온 산을 흔들고 있다

아직 뜨거운 눈맞춤도 없었는데
따닥, 바람이 동백의 따귀를 쳐
붉은 눈알을 빠뜨린다

툭,
－「선운사의 봄 2」 전문

　유영삼의 시심詩心은 바람을 끌어안고 걸판지게 몸을 푸는 대지의 마음과 밀접하게 이어져 있다. 따뜻한 바람을 머금은 대지가 삼라만상에 뼈마디를 세우면 "자궁을 비집고 나온 푸른 눈을 가진/ 어린것들"이 이내 울음을 터뜨린다. 어린것들이 풍기는 비릿한 젖내가 사방으로 퍼진다. 시인은 "혼탁한 내 피를 거른다"라는 시구로 새 생명과 마주한 어미의 마음을 표현한다. 어미는 뼈마디가 뒤틀리는 엄청난 고통을 견디며 아이를 낳는다. 이 힘으로 초목들은 "세상 밖으로 색색의 희망을 달아/ 금줄을 내건다".

　생명에서 생명으로 이어지는 역사는 고통 없이 이루어지지 않는다. 생명을 낳는 어미도 고통스럽고, 생명으로 거듭나려는 아이도 고통스럽다. 시인은 산도産道를 빠져나오는 아이의 절실한 마음을 시심詩心으로 표현한다. 엄마와 아이는 이미 한마음으로 연결되어 있다. 아이는 산도를 빠져나오기 위해 힘을 주고, 엄마는 그 아이의 힘을 북돋기 위해 이를 악물고 힘을 준다. 산방産房은 엄마가 내지르는 신음으로 가득 찬다. 시를 쓰는 과정에 서린 고통의 강도를 새삼 느낄 수 있지 않은가?

　'선운사의 봄'이라는 제목에 드러나듯, 시인은 동백꽃으로 대변되는 선운사의 봄을 노래한다. 온몸으로 꽃을 피운 동백꽃을 바람이 그냥 놔두지 않는다. 온 산을 흔드는 바람이 동백꽃에 몸을 비빈다. 꽃이 핀 자리는 늘 꽃이 지는 자리를 마련해둔다. 꽃이 피는 게 자연이듯 꽃이 지는 일 또한 자연이라는 말이다. "아직 뜨거운 눈맞춤"이 있든 없든 동백꽃은 질 때가 되면 어김없이 온몸을 땅으로 떨어뜨린다. "툭,"이라는 음성상징어로 시인은 자연을 따르는 동백꽃의 모습을 표현한다. 자연은 생生으로만 이루어지지 않는다. 생이 있는 곳에는 늘 사死가 따라붙는다. 생사일여生死一如라는 말이 괜히 나온 게 아니다.

「서로가 서로의 집이 되어」에서 시인은 "이승은 저승의 집"이고 "저승은 이승의 집"이라고 분명히 말한다. 이승이 없으면 저승이 있을 리 없다. 마찬가지로 저승이 없으면 이승이 있을 리 없다. 생명은 "최후의 순간을 코끝에 고"(「末」)하고 원점으로 돌아간다. 원점에는 "주검을 맞이하는 자와/ 죽음을 배웅하는 자가 함께 서 있다"(같은 시). 맞이하는 자와 배웅하는 자를 나누었지만, 원점에서 보면 둘은 하나라고 할 수 있다. 겨울이 가면 봄이 오는 이치와 다르지 않은 것이라고 말하면 어떨까?

물에서 태어나 물 밖 허공에 떠돌다
한증막 같은 지옥을 건너 흙이 될 때까지,
점지된 발아점에 들다
−「목욕탕」 부분

산 그림자에서 푸른 공기가 퍼질 때

하늘이 조금씩 찢어지더니 피를 흘린다

갑자기 조용해진 세상 저, 끝에서
훅, 어둠이 몰려온다
－「어둠을 낳다, 노을」 부분

수직의 벽을 걷는다, 만 개의 발
발자국마다 실핏줄을 불어 넣는다
바람이 불자 천 개의 심장이 뛴다
집이 숨 쉰다
담쟁이넝쿨 뜨거운 심장이 뛴다
－「숨」 부분

「목욕탕」에는 둥근 탕 속에 몸을 담근 채 배냇짓을 하는
사람이 나온다. 양수에서 자라났으니 물에서 태어났다고
볼 수 있다. 물 밖 허공을 떠돌다 보면 어김없이 물이 그립
기 마련이다. 물은 곧 생명을 기르는 자양분이 아니던가.
시인은 "한증막 같은 지옥을 건너 흙이 될 때까지" 우리는
물 밖을 떠돌 수밖에 없다고 이야기한다. 물에서 태어나 물
밖을 떠돌다가 다시 물로 돌아가는 인생이라고 표현하면
어떨까? "점지된 발아점"이란 이런 인생과 무관하지 않다.
물 밖을 떠돌면서도 우리는 늘 물 안에서 꽃을 피우는 삶을
살려고 한다. 생명으로 태어난 자의 운명을 벗어날 수는 없
는 법이니까.
　자연 사물마다 "점지된 발아점"이 있다. 「어둠을 낳다, 노
을」을 보면, 찢어진 하늘에서 흘러나오는 피가 어둠을 불러

냰다고 시인은 이야기한다. 시 제목에 나타나는 대로, 어둠은 갑작스레 오지 않는다. 어둠 이전에 푸른 빛이 허공을 덮는다. 시인은 푸른 공기가 하늘을 조금씩 찢는 이미지로 이 상황을 표현한다. 푸른 빛이 피를 머금으면 세상은 이내 조용해지고 그 속에서 기다렸다는 듯 어둠이 피어난다. 빛이 빛으로만 남을 수 없듯, 어둠 또한 어둠으로만 남을 수는 없다. 빛은 어둠으로 가는 길 위에서 빛나고, 어둠은 빛으로 가는 길 위에서 비로소 세상을 덮는다.

빛과 어둠이 자연 속에서 벌이는 이 반복을 시인은 "천 개의 심장"을 지닌 담쟁이넝쿨이 "수직의 벽을 걷는" 이미지로 표현한다. 바람이 불면 담쟁이넝쿨 전체가 온전히 숨을 쉰다. 천 개의 심장이 한꺼번에 뛰는 것이니 담쟁이넝쿨은 얼마나 뜨거운 심장을 지니고 있는 것인가? 만 개의 발로 수직의 벽을 오르는 힘은 무엇보다 뜨거운 심장에서 비롯되는지도 모른다. 심장이 뛰지 않으면 어떤 생명도 숨을 쉴 수 없다. 숨은 생명이 살아 있다는 징표와 같다. 태어나서 죽을 때까지 모든 생명은 숨을 쉰다. 숨 속에서 산 자와 죽은 자가, 빛과 어둠이 하나로 이어진다고 말하면 어떨까?

만삭의 몸을 안고 신음하고 있다

상수리나무 등걸에 업혀
삶을 즐기는 매미소리
까맣게 산을 들어올린다

산달이 차고 넘은 저

무덤의 배, 끝내
　　자궁 문을 열지 못한다

　　외로운 이의 머리칼을 끌어안고
　　혀를 묻은 산
　　숲 키워 죽은 자의 집을 가꾼다
　　산란을 위한 벌레들은 잎 뒤로

　　뒤로 가 수천 개의 길을 내고

　　나는 회임을 상상한다, 무덤의
　　여름 산, 저토록 뜨겁게 감싸 안으면
　　언젠가 멈춰선 시간을 깨치고 나오는
　　낯익은 사람을 만날까
　　―「여름산」 전문

　만삭이 된 여름 산이 신음을 토한다. 여름 산은 살아 있다. 살아 있는 생명만이 신음을 내뱉는다. 만삭의 몸이므로 여름 산은 조만간에 숱한 생명을 낳을 것이다. 그것을 예언하기라도 하듯 상수리나무 등걸에 업힌 매미는 "까맣게 산을 들어올"리는 소리를 온몸으로 즐겁게 뿜어낸다. 산달이 넘은 것 같은데도 자궁 문은 쉬이 열리지 않는다. "혀를 묻은 산"은 그저 침묵을 지킬 뿐이다. 자연 순리를 어기고 함부로 자궁 문을 열 수는 없다. 침묵할 때는 침묵해야 하고, 움직여야 할 때는 움직여야 하는 게 자연 이치다. 침묵해야 할 때 움직이는 생명을 자연은 순순히 받아들이지 않는다.

돌보지 않는다.

스스로 자궁 문을 열 수 없는 산은 "숲 키워 죽은 자의 집을 가꾼다"라고 시인은 적는다. 죽은 자의 집이 곧 산 자들이 살아야 할 집이다. 산란한 벌레들이 잎 뒤로 수천의 길을 내는 상황을 떠올려 보라. 시인은 "무덤의 배"처럼 부풀어 오른 산을 보며 회임을 상상한다. 모든 생명은 저마다 자기 앞에 주어진 길을 묵묵히 걷는다. 태어날 때가 되었으니 태어난 것이다. 다시 말하지만, 생명은 자연의 순리를 어길 수 없다. 여름 산이 지키는 순리를 여름 산에서 태어난 생명이 어떻게 지키지 않을 수 있을까?

여름 산은 만삭의 몸으로 뜨거운 햇볕을 견딘다. 뜨거운 기운을 안으로 갈무리하지 못하면, 몸속 깊이 품은 생명은 갈 길을 잃어버린다. 회임을 상상하는 시인은 여름 산이 내는 신음을 뜨거운 마음으로 듣는다. 수천, 수만의 길을 품은 여름 산이다. 뭇 생명을 품은 여름 산의 자궁 문이 열리면, 우리는 어쩌면 "언젠가 멈춰선 시간을 깨치고 나오는/낯익은 사람을" 만날지도 모른다. 시간이 흘러야 생명의 역사도 흐른다. 시간이 멈추면 생명의 역사는 끝장난다고 말해도 좋다. 시인은 회임을 상상함으로써 여름 산이 펼치는 시간을 온몸으로 감당한다.

유영삼의 시는 생명에서 생명으로 흐르는 시간과 맞물려 있다. 한 생명이 다른 생명으로 이어지는 과정에는 수많은 고통이 새겨져 있다. "저 아득한 속울음"(「벚꽃」)을 지그시 내리누르며 벚꽃은 땅으로 떨어지고, 하늘이 피를 흘리는 바로 그 자리에서 어둠은 소리 없이 지상으로 내려앉는다(「어둠을 낳다, 노을」). 시인에게 시작詩作이란 가슴 깊은 곳에 서린 아득한 속울음을 표현하는 일이고, 핏빛 하늘이 낮은 어둠을 묵묵히 받아들이는 일이라고 할 수 있다. 그녀는 단단하게 다져진 내면의 힘으로 한여름 땡볕이 내리쪼이는 땅 위에 선다. 땡볕을 품지 않고 어떻게 열매를 익힐까? 목청 잃은 새는 그렇게 땡볕을 품고 새로운 생명을 낳는 길로 접어드는 셈이다.

유영삼

유영삼 시인은 충북 청주(청원)에서 태어났고, 2005년 『창조문학』으로 등단했다. 시집으로는 『흙』과 『돌아보다』가 있고, 2010년 충북 여성 문학상을 수상했으며, 현재 '충북작가회의'와 '보은문학회'와 '새와 나무' 동인으로 활동하고 있다.

유영삼 시인의 『비는 소리를 갖지 않는다』는 『흙』과 『돌아보다』의 뒤를 이어서 그의 세 번째 시집이며, 대단히 지적이고 현학적인 시집이라고 할 수가 있다. 지적이라는 것은 그의 지식이 아주 깊이가 있다는 것을 뜻하고, 현학적이라는 것은 수직적, 혹은 전지적 차원에서 그 어떤 사건을 기획하고 연출하며, 그 모든 것을 총결산한다는 것을 뜻한다. 유영삼 시인은 『비는 소리를 갖지 않는다』의 뮤지컬의 기획자이자 연출자이며, 자기 자신이 '비'로 분장한 주연배우이자 비정한 아버지마저도 울게 만드는 최후의 심판관이라고 할 수가 있다.

이메일: youngsam2005@hanmail.net

유영삼 시집
비는 소리를 갖지 않는다

발   행 2022년 9월 20일
지 은 이 유영삼
펴 낸 이 반송림
편집디자인 반송림
펴 낸 곳 도서출판 지혜
주   소 34624 대전광역시 동구 태전로 57, 2층 도서출판 지혜(삼성동)
전   화 042-625-1140
팩   스 042-627-1140
전자우편 ejisarang@hanmail.net
애지카페 cafe.daum.net/ejiliterature

ISBN : 979-11-5728-485-6 03810
값 10,000원

* 이 책은 충청북도, 충북문화재단의 후원을 받아 문화예술육성지원사업의 일환으로 발간되었음